Traduit de l'anglais
par Karine Chaunac

Maquette : Chloé du Colombier

ISBN : 978-2-07-062311-2
Titre original : *Dirty Bertie - Pants - Stinky - Dare*
Édition originale publiée par Stripes Publishing, Londres
© Alan MacDonald, 2008, pour le texte
© David Roberts, 2008, pour les illustrations
© Éditions Gallimard Jeunesse, 2008, pour la traduction française
N° d'édition : 182909
Loi n° 49-956 du 16 juillet 1949 sur les publications destinées à la jeunesse
Premier dépôt légal : mars 2009
Dépôt légal : février 2011
Imprimé en Espagne par Novoprint (Barcelone)

Alan MacDonald

Les idées géniales
de Raoul Craspouille
Tome 1

illustré par David Roberts

GALLIMARD JEUNESSE

1. LE SLIP

2. LA BOMBE PUANTE

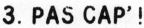

3. PAS CAP'!

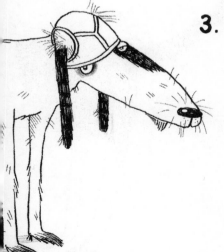

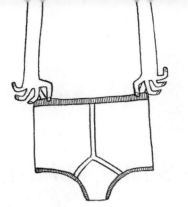

1. LE SLIP

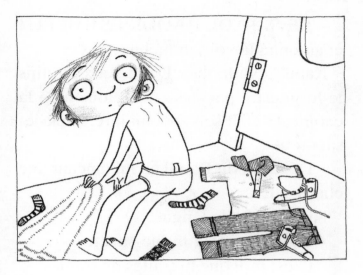

Chapitre 1

C'était un jeudi matin à la piscine. Raoul se rhabillait après la leçon de natation de Mlle Crawl. Ses vêtements étaient éparpillés sur le sol de la cabine.

– Ha, ha ! Je vois ton slip ! railla une voix forte.

Raoul se jeta sur sa serviette.

– Qui a dit ça ?

— LE SLIP DE RAOUL EST BLEU !
chantonna la voix moqueuse.

Raoul leva la tête. Deux yeux taquins
le lorgnaient par-dessus la cloison de la
cabine. C'était son ennemi juré, Nick-je-
sais-tout.

— Dégage ! dit Raoul en lui lançant une
chaussette.

Nick lui tira la langue.

— Essaye un peu, traîne-savate !

— C'est moi que tu traites de traîne-
savate ? demanda Raoul.

— Oui, toi. Tu es toujours le dernier à sortir des cabines, ricana Nick.

Raoul plissa les yeux.

— Je parie que je peux me changer bien plus vite que toi.

— Ah oui ?

— Ouais ! fit Raoul.

— Très bien, répliqua Nick. Faisons un concours.

Raoul ne pouvait résister à l'idée d'une compétition, surtout si cela lui donnait une occasion de battre ce crâneur de Nick.

— Ça me va. Le dernier dans le bus s'assoit à côté de Mlle Martinet.

Nick réfléchit. Un large sourire se dessina lentement sur son visage suffisant.

— J'ai une meilleure idée. Le dernier dans le bus doit venir en slip à l'école demain.

Raoul resta muet de stupéfaction.

— Qu'est-ce qui se passe, traîne-savate, tu as peur de perdre ? persifla Nick.

Raoul lui lança un regard furieux.

— Ça ne risque pas.

— Alors, tope là !

Raoul monta sur le banc et ils se serrèrent la main.

Il sourit. Il allait montrer à cette limace lèche-bottes qui était le plus rapide. Nick aurait à peine le temps de comprendre ce qui lui arrivait. Quand ses amis sauraient ça : Nick-je-sais-tout en slip à l'école ! Elle était bien bonne celle-là !

— Prêt ? dit Nick à travers la cloison. Partez !

Raoul attrapa son pantalon et l'enfila d'un seul geste. Ses doigts luttèrent avec les boutons de sa chemise. Les chaussettes maintenant. Où était sa deuxième chaussette ? Il perdit de précieuses secondes à explorer le sol à quatre pattes. Pourquoi avoir deux chaussettes, de toute façon ? Une suffisait amplement. Il se débattit avec ses chaussures, son pull et son manteau. Il fourra sa serviette et son maillot trempés dans son sac et bondit hors de la cabine.

– Aaah !

Raoul trébucha sur un seau et une serpillière que quelqu'un avait abandonnés devant la porte. Il se remit sur pied en

une seconde et fonça à toute allure dans le couloir.

– Chaud, chaud devant ! hurla-t-il en bousculant Donna et Pamela au passage. Désolé ! C'est une urgence ! Je ne peux pas m'arrêter !

Eugène s'aplatit contre le mur pour éviter la tornade. Mais alors que Raoul amorçait un virage, une ombre immense s'étendit sur son chemin.

– RAOUL ! tonna Mlle Martinet. On ne court pas dans les couloirs !

– Mais madame, je…

– On marche, Raoul, on ne court pas. ON MARCHE !

Raoul poussa un gémissement. Il ralentit son rythme pour adopter un pas plus mesuré, tandis que Mlle Martinet le suivait de son œil de faucon jusqu'à la sortie. Une fois dehors, il se jeta dans l'escalier et dévala les marches quatre à quatre. Le bus attendait sur le parking. Il y était presque ! Raoul franchit la porte tête baissée et se laissa tomber sur un siège.

– Ouiii ! J'ai réussi ! haleta-t-il. Je suis le premier arrivé !

– Pourquoi as-tu mis autant de temps, traîne-savate ? articula lentement une voix moqueuse.

Raoul eut le souffle coupé. Non, ce n'était pas vrai ! Impossible ! Nick-je-sais-tout était paresseusement installé

au fond du bus. Ses cheveux étaient pei-
gnés, sa cravate parfaitement nouée et il
n'avait pas l'air essoufflé le moins du
monde.

— Pas de chance, Raoul, tu as perdu !
dit-il avec un petit sourire satisfait. Je
suis tellement pressé de te voir arriver
demain à l'école.

Chapitre 2

Raoul resta plongé dans un silence morose pendant tout le trajet du retour. Dorian lui colla un paquet de chips sous le nez.

— Tu en veux une ?

Raoul fit non de la tête.

— Tu es malade ? demanda Dorian.

— Chut ! dit Raoul. J'essaye de réfléchir.

— À quoi ?

Dorian mâchonnait bruyamment ses chips. Raoul soupira.

— Si je te le dis, tu dois me promettre de ne pas le répéter.

Dorian se pencha un peu plus près.

— D'accord.

Raoul jeta un regard autour de lui pour vérifier que personne ne pouvait l'entendre. Il baissa la voix et dit dans un murmure :

— J'ai parié avec Nick que je serais le premier arrivé dans le bus après la piscine.

— Et alors ?

— Et alors j'ai perdu. Maintenant, je dois venir en slip à l'école demain.

Dorian ne put retenir une grimace de joie.

— En slip ? HA, HA, HA !

— La ferme ! souffla Raoul.

— Non… mais, sérieusement…, s'esclaffa Dorian. En slip ? Hi, hi !

— Moins fort ! supplia Raoul.

— Je ne peux pas m'en empêcher. C'est trop drôle, gloussa Dorian.

Eugène, qui était assis devant eux, se retourna sur son siège.

— Qu'est-ce qui vous fait rigoler ?

— Raoul va venir en slip à l'école, dit Dorian, à cause d'un pari !

Eugène dévisagea Raoul.

— Non ?

— Non ! répliqua Raoul en rougissant.

Il commençait à regretter d'en avoir parlé.

— Mais… vraiment en slip ?

— Arrêtez avec ça ! cria Raoul. Vous êtes censés être mes amis. Vous devez m'aider.

Dorian fit craquer une nouvelle chips entre ses dents.

— Ce n'est pas notre faute, dit-il. C'est ton pari. Qu'est-ce que tu veux qu'on fasse ?

Raoul réfléchit.

— Je sais. Faites-le avec moi !

— Quoi ? interrogea Dorian.

— Venez à l'école en slip, dit Raoul qui tentait le tout pour le tout. Faisons-

le ensemble. Ça serait génial ! Et pourquoi pas ?

Dorian et Eugène le dévisagèrent.

– Tu plaisantes ou quoi ? finit par dire
Dorian. Il n'est pas question qu'on voie
mon slip !

– Eugène, supplia Raoul. Tu en es, pas
vrai ?

Eugène fit non de la tête.

– Désolé, Raoul. Je ne pense pas que
ma mère serait d'accord.

Raoul retomba sur son siège et se mit à
regarder par la fenêtre d'un air misérable.
Merci les amis. Il se sentait bien seul.

De retour en classe, Raoul se tortura
les méninges. Qu'est-ce qu'il allait bien
pouvoir inventer ? Pourquoi, mais pourquoi avait-il laissé Nick l'entraîner dans
ce pari stupide ? Il était sûr que ce cra-
paud sournois avait triché. Avant même

de débuter le concours, Nick devait déjà avoir enfilé la moitié de ses habits.

De toute façon, il n'y avait plus moyen de faire marche arrière. Un pari était un pari, et il avait topé. Il essaya d'imaginer son arrivée à l'école, avec un petit slip pour tout vêtement. Cette seule pensée lui était insupportable. Ses camarades allaient se moquer de lui pendant des milliards d'années. Impossible, il lui fallait trouver une solution.

DRIIING ! La sonnerie retentit pour annoncer la récréation. Raoul se traîna jusqu'à la cour, perdu dans ses pensées.

– Hi, hi ! Le voici !

Il se retourna et vit Angela Gracieuse avec deux de ses copines. Angela habitait à côté de chez Raoul. Elle avait six ans et était amoureuse de lui depuis qu'il lui avait offert un sorbet au citron pour la faire taire.

— Qu'est-ce que tu
veux ? dit Raoul avec un
regard mauvais.

— Hi, hi ! Nous voulons… hi, hi… te
demander quelque chose ! gloussa
Angela.

— Pas maintenant, dit Raoul, je suis
occupé.

Il accéléra le pas, mais Angela ne se
laissa pas distancer.

– De quelle couleur est-il, Raoul ? minauda-t-elle.

– Hein ?

– Blanc ou rose ? ricana Laura.

– En dentelle ou à pois ? pouffa Yas-mine.

Raoul pivota et leur fit face.

– De quoi parlez-vous ?

– De ton slip ! lâcha Angela. Nicolas nous a tout dit. Tu viens à l'école en slip demain !

Les filles explosèrent en un fou rire incontrôlable.

Raoul changea de couleur.

– Je… je ne vais pas… bégaya-t-il.

– Mais si, dit Angela, tout le monde en parle.

– Écoute, c'est n'importe quoi ! Il n'en est pas question ! cria Raoul avec désespoir.

Angela se glissa un peu plus près de lui avec un doux sourire.

– Je vais apporter mon appareil photo, Raoul, susurra-t-elle. Je vais te photographier en…

Raoul ne voulut pas en entendre davantage et prit la fuite. Il se cacha dans le vestiaire jusqu'à ce qu'il soit sûr que les filles avaient décampé. C'était pire que tout ce qu'il avait imaginé. Dorian et Eugène étaient au courant. Angela et ses amies aussi. La nouvelle avait probablement déjà fait le tour de l'école. Il aurait dû deviner que ce fanfaron de Nick le dirait à tout le monde. Demain, ils seraient là à l'attendre, à faire des messes basses et à ricaner. Si seulement il pouvait trouver un moyen de s'en sortir. Raoul Craspouille se considérait comme le maître incontesté du complot rusé et du plan imparable : mais, cette fois, son imagination lui faisait défaut. C'était sans espoir. Il aurait voulu être un ver de terre pour se faufiler dans un trou et disparaître.

Chapitre 3

— RAOUL ! rugit Mlle Tranchelard devant tous les élèves réunis. Viens me voir immédiatement !

— Moi, madame ? dit Raoul.

— Oui, toi. Et active-toi, je n'ai pas que ça à faire.

Raoul déglutit péniblement et se traîna jusqu'au premier rang. Pourquoi est-ce que tout le monde le dévisageait avec cet air réjoui ?

— Tu n'aurais pas oublié quelque chose, Raoul ? dit Mlle Tranchelard.

Raoul baissa les yeux. Il se sentit défaillir. Il ne portait qu'un simple slip.

— Aaah ! hurla-t-il en se réveillant.

Il poussa un soupir de soulagement et reposa la tête sur son oreiller. Heureusement, ce n'était qu'un cauchemar. Mais voyons, quel jour étions-nous aujourd'hui ? Vendredi ! Le jour du slip ! Son cauchemar allait devenir réalité !

On frappa à la porte. Maman entra.

— Tu n'es pas encore debout, Raoul ?
C'est l'heure de te lever pour aller à
l'école.

— Ouuuh ! gémit Raoul. Je ne me sens
pas très bien. Je crois que j'ai la rougeole.

Maman lui toucha le front.

— Mmm, dit-elle. Je ne vois aucun bou-
ton.

— J'ai l'impression qu'ils sont invisibles, marmonna-t-il.

— Ne raconte pas n'importe quoi,
Raoul. Les boutons invisibles n'existent
pas.

— Qu'est-ce que tu en sais ? S'ils sont
invisibles, j'en ai peut-être partout sur le
corps ! Je vais peut-être mourir ! Je…

— Habille-toi ! Tu vas à l'école.

Raoul rampa hors de son lit. Il ouvrit
son tiroir et regarda à l'intérieur. Tous
ses slips étaient minuscules. Il lui fallait un modèle extra-large qui puisse le

couvrir au maximum. Maintenant qu'il y réfléchissait… Son père possédait des tonnes de slips. Des slips gigantesques. Il pourrait sûrement en emprunter un.

Raoul gagna la chambre de ses parents sur la pointe des pieds.

Il ouvrit un tiroir rempli de sous-vêtements et entreprit de le vider entièrement sur le sol. Il finit par trouver ce qu'il cherchait tout au fond : un immense slip kangourou bleu.

Raoul l'enfila et se regarda dans le miroir. Le slip était exagérément grand, mais il n'avait pas pu trouver mieux.

Maman et Suzy prenaient leur petit déjeuner dans la cuisine. Raoul tenta de passer discrètement à côté d'elles pour rejoindre sa chaise.

– HA ! HA ! s'esclaffa Suzy en l'apercevant.

— Quoi ? dit Raoul. C'est juste un slip.

Maman le regarda fixement.

— Qu'est-ce que c'est que ça, Raoul ? Où sont tes vêtements ? Et à qui est ce slip ?

— À Papa. Je veux simplement l'emprunter.

— Ha, ha ! Hi, hi ! s'étranglait Suzy. Tu devrais voir la tête que tu as !

— Il est beaucoup trop grand, dit Maman. Tu as plein de slips à toi.

— Pas comme celui-là. J'ai besoin d'un slip géant.

— Mais pour quoi faire ?

— C'est à cause d'un pari. J'ai parié que j'irais à l'école en slip.

— Ne sois pas ridicule, Raoul. Tu ne peux pas faire ça.

Raoul ferma les yeux. Une vague de soulagement le submergea soudain. Pourquoi n'y avait-il pas pensé plus tôt ?

Il avait promis d'aller en slip à l'école :
il irait en slip à l'école.

– C'est sans importance, dit-il, hilare.
Il n'y a pas de problème. Pas de problème du tout.

Il sortit de la cuisine et remonta au premier en dansant avec le slip kangourou
sur la tête.

Chapitre 4

Nick-je-sais-tout se dressait debout sur le mur et surveillait la rue. À neuf heures moins dix, la cour de récréation paraissait pleine à craquer. Tout le monde était arrivé tôt pour être sûr d'assister au grand moment de Raoul. Angela Gracieuse serrait son appareil photo, prête à déclencher. Dorian, Donna et Eugène débattaient pour savoir si Raoul irait jusqu'au bout. Dorian disait que oui. Donna disait que non. Eugène n'arrivait pas à se décider.

— Le voilà ! hurla Nick en pointant la route du doigt.

Tous les regards se tournèrent avec impatience vers l'entrée de l'école. Raoul surgit du virage et passa le portail. Nick-je-sais-tout le considéra avec

incrédulité. Raoul était habillé comme d'habitude, avec un pull et un jean.

Nick sauta du mur et s'approcha de Raoul d'un pas énergique.

– Nous avions fait un pari ! fulmina-t-il. Tu as triché ! Tu devais venir à l'école en slip !

Raoul haussa les épaules.

– C'est ce que j'ai fait. Je suis en slip. Sous mon pantalon.

– Qu… qu… quoi ? bégaya Nick en pâlissant.

– Qu'est-ce qui t'arrive, Nick ? s'étonna Raoul. Tu ne portes pas de slip sous ton pantalon ?

– Bien sûr que si ! coupa Nick.

Raoul fit un clin d'œil à Dorian.

– Ce n'est pas ce qu'on m'a dit. Il paraît que tu ne portes pas de slip.

– Oui, ricana Dorian, rien du tout.

– Mais si ! protesta Nick.

– On m'a dit que tu n'avais pas de culotte. NICK N'A PAS DE CULOTTE ! claironna Raoul.

– Ce n'est pas vrai, pleurnicha Nick.

– Et qu'est-ce qu'on en sait ? dit Raoul.

– Parce que je le dis !

– Peut-être que tu mens.

– NON ! hurla Nick. REGARDE !

Il baissa son pantalon pour prouver sa bonne foi.

CLIC ! fit l'appareil d'Angela. Nick devint tout rouge. Toute l'école pouvait voir son slip et se tordait de rire.

– Tu me le paieras, Raoul ! hurla-t-il.

2. LA BOMBE PUANTE

Chapitre 1

Raoul était dans sa chambre, absorbé par la préparation d'une nouvelle expérience.

Depuis bientôt plusieurs semaines, il rassemblait les ingrédients nécessaires à la fabrication d'une bombe puante.

Splatch ! Splatch ! Raoul touillait vigoureusement le mélange à l'aide d'un

Bombe super puante de Raoul – 1re génération

1 morceau
de fromage coulant
† œufs pourris
1 boîte de nourriture
pour chien

1 chaussette de foot humide
3 feuilles de chou moisies
Poils de chien
une bonne poignée

crayon. Il renifla le magma marron et visqueux qu'il avait obtenu.

– Pas mal, pensa-t-il.

Quelques jours encore et la mixture atteindrait la perfection : elle serait malodorante à souhait. Raoul bouillait d'impatience à l'idée de tester sa bombe puante à l'école. Peut-être pourrait-il l'introduire dans un tiroir du bureau de Mlle Martinet ? Ou, mieux encore, asperger Nick-je-sais-tout sur le chemin du retour de l'école ? Son chien s'approcha silencieusement sur ses coussinets et

plongea son museau dans
le pot en plastique.

– Oh, oh ! Non, Toxic,
dit Raoul. Ça ne se
mange pas.

Propriété
de Raoul
À vos risques
et périls !

Quelqu'un s'approchait.

Raoul replaça rapidement le couvercle
sur le pot et le cacha à l'intérieur de sa
table de nuit.

Maman entrouvrit la porte.

– Raoul, qu'est-ce que tu es en train

de faire ? demanda-t-elle d'un ton soupçonneux.

— Rien, dit Raoul. Je m'amuse.

Maman renifla.

— Qu'est-ce que c'est que cette odeur ?

— Une odeur ? Je ne sens rien.

— C'est dégoûtant, dit Maman. On se croirait dans une porcherie !

— Vraiment ?

Raoul était enchanté. La bombe puante promettait d'être de toute première catégorie si elle empestait même depuis l'intérieur d'une table de nuit.

Maman se mit à renifler dans toute la chambre pour essayer de détecter l'origine de cette odeur nauséabonde. Raoul comprit qu'il lui fallait agir vite avant qu'elle n'inspecte la table de nuit.

— Toxic ! Est-ce que c'est toi ? dit-il en se pinçant le nez.

Toxic remua la queue.

– Ce chien… soupira Maman.
Elle se tourna vers Raoul.
– Je croyais t'avoir
demandé de ranger
ta chambre ?

– Mais elle est rangée, répliqua Raoul.
Sa mère lui jeta un regard de reproche.
– Raoul ! C'est un véritable chantier !
Raoul examina sa chambre. Tout avait
l'air à sa place habituelle : par terre.
– Je la préfère comme ça, expliqua-t-il.
– Eh bien, pas moi, et je voudrais que
tu ranges. Une amie de Suzy vient dor-
mir à la maison ce soir.

– Qui ? demanda Raoul.

Suzy apparut dans l'embrasure de la porte.

– Bella, annonça-t-elle.

Raoul grogna. Oh non ! pas Bella-la-Commandante. C'était la pire des amies de Suzy. Elle allait essayer de le mener à la baguette toute la soirée.

– Et elles dormiront ici, dit Maman.

Raoul se figea.

Il se sentit soudain très faible. La tête lui tournait.

– ICI ? Dans MA CHAMBRE ? finit-il par dire.

– Oui. Ta chambre est bien plus grande que celle de Suzy. Nous pourrons y installer le lit de camp.

– Mais… mais… où vais-je dormir ?

– Dans la chambre de Suzy.

– NON ! hurla Raoul.

– NON ! rugit Suzy.

– C'est seulement pour une nuit, dit
Maman.

– Je ne peux pas dormir ici. Je vais
attraper des puces ! ronchonna Suzy.

– N'exagère pas, Raoul va ranger.

– Ranger ? Mais il faudrait désinfec-
ter ! Et quelle est cette horrible odeur ?

Maman désigna Toxic.

– Il a besoin de retourner
chez le vétérinaire.

Chapitre 2

DING ! DONG ! Raoul entendit des voix au rez-de-chaussée. Mme la Commandante était arrivée.

– Bonjour Bella, dit joyeusement Maman.

– Bonjour.

– Amuse-toi bien, mon chou, dit la mère de Bella en l'embrassant sur les deux joues. Je viendrai te chercher demain matin.

Maman referma la porte.

— Bien, Suzy, pourquoi ne montres-tu pas à ton amie où elle va dormir ?

Bella tendit son sac à Suzy et la suivit dans l'escalier d'un pas lourd.

Elles trouvèrent Raoul en train de lire une bande dessinée sur son lit.

— Sors, dit Suzy.

— Sors toi-même, dit Raoul. C'est ma chambre.

— Pas ce soir. Maman a dit que nous devons dormir ici, tu t'en souviens ?

Bella se renfrogna. Elle détestait les petits frères. Si elle en avait un, elle en ferait don à une vente de charité.

— Je ne dormirai pas dans son lit, déclara Bella. Il pue.

— C'est toi qui pues, répondit Raoul.

— Toi-même.

— Toi-même.

— Ne fais pas attention à lui, dit Suzy. Jouons aux princesses. Tu pourrais être Princesse Bella.

— Princesse Putois, tu veux dire, ricana Raoul.

Bella l'arracha de son lit d'une secousse. Elle lui tordit le bras.

— Aïe ! cria Raoul.

Il la poussa. Bella trébucha et tomba sur le lit de camp. Badaboum ! Le lit s'effondra.

— Aaah ! hurla-t-elle.

Maman monta en courant.

— Qu'est-ce qui se passe ?

— Raoul m'a frappée, pleurnicha Bella.

— Raoul ! dit Maman, furieuse.

— C'est faux ! protesta Raoul. Elle m'a pratiquement cassé le bras !

— C'est lui qui a commencé, dit Suzy. Il sabote notre jeu.

— Raoul, va dans ta chambre, ordonna Maman.

— Mais je suis dans ma chambre !

— Tu m'as très bien comprise. Tu vas dans la chambre de Suzy et tu y restes.

Raoul sortit comme une furie. C'était trop injuste. Ces traîtresses allaient le lui payer.

– À table ! appela Maman.

Raoul descendit au grand galop. Il mourait de faim. Il avait passé des heures dans la chambre de Suzy sans rien trouver pour s'amuser. Même pas un sabre de pirate ou un pistolet à eau. Une odeur de pizza et de frites arrivait de la cuisine.

– Miam, dit Raoul en s'emparant d'une grosse part de pizza.

– Et la politesse, Raoul ? dit Maman.

– Oui, on sert toujours les invités en premier, dit Suzy.

Raoul reposa à regret son morceau de pizza et poussa le plat sous le nez de Bella. Elle prit un air boudeur.

— Je n'aime pas la pizza.

— Quel dommage. Mais ce n'est pas grave, prends donc de la salade, encouragea Maman.

— Je n'aime pas la salade.

— Alors mange des frites, soupira Maman en lui servant une portion.

— Je n'aime pas ces frites-là. Elles ne sont pas comme celles de ma mère.

— Génial, il y en aura plus pour moi, dit Raoul en tendant le bras pour attraper l'assiette de Bella.

— Raoul ! intervint Papa.

Bella retint son assiette et s'y accrocha fermement. Raoul tira. Les frites furent catapultées dans les airs et atterrirent sur le sol.

Raoul se baissa. Il ramassa une frite, l'essuya sur son polo et la mangea.

— Raoul ! hurla Maman.

— Qu'est-ce que j'ai encore fait ? demanda-t-il, la bouche pleine.

— Sors de table et va dans ta chambre !

Bella regarda Suzy. Elles échangèrent un sourire.

Chapitre 3

Après dîner, les filles s'installèrent devant la télévision. Raoul entra en coup de vent et se jeta dans un fauteuil.

– Où est la télécommande ? dit-il. C'est l'heure d'*Arthur l'extraterrestre* !

– Nous regardons autre chose, répliqua Suzy. Il y a *Princess Academy*.

– Quoi ? balbutia Raoul. Mais je

regarde toujours *Arthur l'extraterrestre* le samedi.

— Votons, proposa Suzy. Qui veut regarder l'émission de Raoul ?

Raoul leva la main.

— Qui veut regarder *Princess Academy* ?

Suzy et Bella levèrent la main en même temps.

— Deux voix contre une, tu as perdu, railla Bella.

Raoul s'effondra misérablement dans son fauteuil. Cela s'annonçait comme le pire samedi de son existence. Et rien que par la faute de Suzy et de sa copine Mme la Commandante. Il ne pouvait même pas aller finaliser sa bombe puante dans sa chambre car Maman lui avait interdit d'y entrer. Mais il n'allait pas s'avouer vaincu si facilement. Il était hors de question qu'il dorme dans la chambre de

Suzy ce soir. Ses murs étaient couverts de posters de poneys et de chanteurs gnangnan. De quoi donner des cauchemars à n'importe qui ! Des cauchemars… Voilà une idée qui n'était pas mauvaise… Raoul s'éclipsa. Un plan génial commença à prendre forme dans son cerveau.

Toc, toc, toc ! Raoul frappait à la porte de la salle de bains. Bella ouvrit.

– Quoi ?

– Je dois aller aux toilettes. Ça fait des heures que tu es là-dedans, se plaignit-il.

Bella sortit de la salle de bains en le bousculant au passage.

— Bonne nuit, Bella ! dit Raoul d'une voix suave.

— Mmm, grommela-t-elle.

— J'espère que tu pourras dormir.

Bella se figea. Elle se retourna.

— Et pourquoi ne pourrais-je pas dormir ?

— Comment ? Suzy ne t'a rien dit ?

— Dit quoi ?

Raoul baissa la voix.

— Ma chambre est hantée.

— Ha, ha ! très drôle.

— Pourquoi à ton avis ai-je supplié de dormir dans la chambre de Suzy ?

— Tu n'as pas supplié, ta mère t'a forcé.

Raoul fit non de la tête. Il jeta un coup d'œil furtif aux alentours.

— C'est à cause des bruits, murmura-t-il. Ils m'empêchent de dormir.

— Des bruits ? dit Bella.

— Des coups, des secousses. Des grondements, des gémissements.

— Oh ! fit Bella en pâlissant.

— La plupart des gens ne les entendent pas. Seuls ceux qui ont peur des fantômes les perçoivent. Mais toi, tu n'as pas peur ?

— Moi ? Bien sûr que non !

— Tout ira bien alors. Fais de beaux rêves !

Raoul referma la porte de la salle de bains et sourit.

« Ça devrait suffire », pensa-t-il.

Vingt-trois heures. Bella se tournait et se retournait dans son lit. Impossible de dormir. Le matelas était plein de bosses. La chambre était trop sombre. Et, pire que tout, elle s'imaginait sans cesse entendre des bruits étranges. Raoul avait tout inventé, cela ne faisait aucun doute. Suzy le lui avait confirmé. Les fantômes n'existaient pas.

CRAC, CRAC, CRAC !

Qu'est-ce que c'était ? Bella retint son souffle.

BONG, BONG, BONG !

On aurait dit des bruits de pas sur le palier. Bella enfonça ses ongles dans la couverture.

– Suzy ? souffla-t-elle. Suzy, tu dors ?

Aucune réponse ne lui parvint du lit de camp.

CLAC ! fit la poignée de porte.

CRIII ! fit la porte en s'ouvrant toute seule.

— Au secours ! gémit Bella en plongeant sous les draps. Qui est-ce ?

Elle glissa un œil à l'extérieur. Il était là ! Dans l'obscurité, le fantôme s'avançait vers elle en trébuchant.

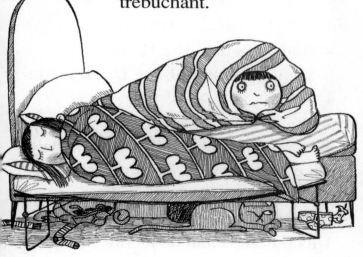

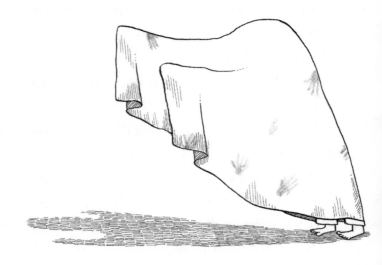

— Houuu ! hulula-t-il. Houuu !

— Suzy ! coassa Bella. Suzy, réveille-toi !

— Houuu ! gémit le fantôme.

Il se rapprochait de plus en plus. Bella apercevait ses pieds nus et pâles.

— Vous devez partir d'ici ! geignit-il. Quittez cette… AÏE !

Un coussin venait de fendre l'air pour

atterrir sur la tête du fantôme. Suzy arracha le drap blanc d'un coup sec et révéla un pyjama bleu.

— RAOUL ! gronda-t-elle.

— Hum, bonsoir, fit Raoul.

— Sors. Sors et ne remets plus les pieds ici.

— Sinon quoi ?

PAF ! Un coussin atteignit Raoul en pleine figure. BING ! Un second le frappa à l'oreille. Raoul sortit de la chambre sous une pluie de projectiles.

— Et la prochaine fois, je le dirai à Maman, lui lança Suzy.

Raoul referma la porte derrière lui. On pouvait vraiment compter sur sa bécasse de sœur pour se réveiller au mauvais moment et tout faire rater. Il allait lui falloir tenter le plan B.

Minuit. La maison était silencieuse

comme un tombeau. Suzy dormait. Bella-la-Commandante dormait. Mais pas Raoul Craspouille. Il rampait sur le palier en tenant quelque chose à la main. Il ouvrit la porte de sa chambre et se faufila à l'intérieur.

Où allait-il bien pouvoir se cacher ? Son regard tomba sur l'appui de la fenêtre qui surplombait son lit. Parfait ! Bella parlait dans son sommeil :

– Pousse-toi, c'est mon tour, marmonnait-elle.

Raoul l'observa de derrière les rideaux. Il brandit une grosse araignée de plastique accrochée à une ficelle. Il la fit lentement descendre vers sa victime. Elle progressait petit à petit en tournoyant sur elle-même avec un léger balancement. Raoul se pencha un peu plus pour avoir une meilleure vue. L'araignée effleura les cheveux de Bella

qui ouvrit brusquement les paupières.
Ses yeux s'agrandirent de terreur. Une
tarentule noire géante se trouvait à
quelques centimètres de son visage. La
bestiole l'épiait de ses prunelles rouges
en remuant ses huit pattes velues.

— AAAH ! hurla Bella.

Raoul fut si surpris qu'il glissa de l'appui de la fenêtre et atterrit sur Bella qui
se débattit en vociférant :

— AH ! ENLEVEZ-MOI ÇA ! AU
SECOURS !

Le bruit réveilla Suzy.

— Mamaaan ! Raoul est dans notre
chambre !

CLIC ! La lumière s'alluma. Maman
se tenait sur le seuil, drapée dans son
peignoir.

— Raoul, explosa-t-elle. Qu'est-ce que
c'est que ce cirque ?

— J'ai vu une énorme araignée noire,

pleurnicha Bella. Elle était dans mes cheveux !

Maman s'agenouilla. Elle ramassa l'araignée de plastique sur le sol et l'agita sous le nez de Raoul.

– C'est à toi, je suppose ? dit-elle.

– Oh, euh, merci bien. Justement, je la cherchais.

Maman lui jeta un regard sombre.

– Va dans ta chambre. Et si je te surprends encore une fois hors de ton lit, il n'y aura pas de bonbons pendant un mois.

Raoul battit en retraite. Il ferma la porte de la chambre de Suzy et se remit au lit. L'Opération Fantôme avait échoué. L'Opération Araignée avait échoué. Mieux valait renoncer à l'Opération Fourmis Dans La Culotte. Il allait finalement devoir se résoudre à passer cette nuit dans le lit de sa sœur.

Chapitre 4

Pendant ce temps-là, dans la chambre de Raoul, Bella était toujours éveillée. Si seulement la mère de Suzy n'avait pas parlé de bonbons. Penser aux bonbons lui donnait toujours faim. Elle n'avait pratiquement rien mangé au dîner.

À la maison, elle gardait toujours une réserve secrète de sucreries à portée de la main en cas de fringale à l'heure du coucher. Peut-être l'horrible petit frère de Suzy en avait-il un stock caché quelque part ?

Bella regarda sous le lit. Rien. Elle regarda sous l'oreiller. Rien. Elle ouvrit la table de nuit. Sur l'étagère, il y avait un petit pot en plastique. Bella s'en empara avec empressement et lut l'inscription griffonnée sur le côté.

Propriété de Raoul À vos risques et périls !

« Aaah ! Des bonbons ! » pensa-t-elle.

Elle fit levier sur le couvercle et jeta un œil à l'intérieur. Une odeur immonde, putride, la frappa en plein visage comme un vent de force dix. Les relents de chou moisi et d'œufs pourris envahirent la chambre de toute leur puanteur. Bella plaqua sa main sur sa bouche. Elle sentit qu'elle allait vomir. Elle n'arrivait plus à respirer.

— AAAH ! BEUURK ! cria-t-elle en laissant tomber la bombe puante.

Suzy se réveilla.

— Bella ! Qu'est-ce que tu… POUAH !

Quelle est cette horrible odeur ? dit-elle
en suffoquant.

— Je meurs ! s'étrangla Bella. J'étouffe !
Laissez-moi sortir !

BOUM ! BOUM ! BOUM !

Quelqu'un frappait comme un forcené
à la porte de Raoul.

Suzy et Bella firent irruption dans la
pièce.

— Je veux récupérer ma chambre, dit
Suzy, haletante.

— Pardon ? demanda Raoul.

— C'est horrible ! Ça pue ! Tu dois nous
laisser dormir ici, supplia-t-elle.

— Mais de quoi parles-tu ?

— De l'odeur… de ce truc ! On ne peut
plus respirer.

Raoul comprit d'un seul coup : la
bombe puante. Il l'avait complètement
oubliée.

— Donc, tu veux récupérer ta chambre ?
dit-il lentement.

— Oui, oui, s'il te plaît, Raoul ! On ne
peut pas dormir là-bas ! répondit Suzy.

— Hum, hum. Je vais y réfléchir.

— Nous ferons tout ce que tu veux,
implora Bella.

Raoul leva un sourcil.

— Tout ?

Cinq minutes plus tard, Raoul était
de nouveau installé dans son propre lit.
Bien sûr, on ne pouvait pas dire que la
chambre sentait très bon, mais cela ne
le gênait pas vraiment. Une fois qu'on
y était habitué, l'odeur n'était pas si
terrible. Il ne voyait pas pourquoi les
filles se mettaient dans des états
pareils. Quoi qu'il en soit, il était de
retour dans sa chambre : c'était la seule
chose qui comptait. Et Suzy et Bella

avaient promis de jouer demain à tout
ce qu'il voulait. Il avait déjà pensé à un
jeu génial : cela s'appelait Passe la
bombe puante.

3. PAS CAP'!

Chapitre 1

Un nouvel instituteur venait d'arriver dans la classe de Raoul. M. Moustique était jeune, pâle et très nerveux. Ses lunettes rondes lui donnaient l'air d'une chouette effarouchée. Il remplaçait Mlle Martinet qui était souffrante. Raoul pensait qu'elle avait probablement attrapé mal à la gorge à force de crier. Assis au fond de la classe, il chuchotait avec Dorian. Ils jouaient à T'es pas cap'. Si Mlle Martinet avait été dans les parages, jamais ils n'auraient risqué quelque chose d'aussi dangereux. Elle pouvait tout voir, même le dos tourné. Mais M. Moustique, lui, ne criait pas, son visage ne virait pas au violet, et il semblait incapable de se mettre en colère. Dorian avait déjà défié Raoul de roter bruyamment, et Raoul avait défié Dorian de faire le mort par terre. M. Moustique avait à peine levé les yeux de son livre et leur avait demandé d'arrêter leurs idioties.

– Alors, dit Raoul, c'est quoi le prochain T'es pas cap' ?

– Je réfléchis, répondit Dorian.

Dorian ne gagnait jamais à T'es pas cap' parce que Raoul avait assez de culot pour oser n'importe quoi. Un jour, Dorian l'avait défié de crier « slip ! » en public, et Raoul l'avait hurlé à pleins poumons. Mais, cette fois, il lui fallait inventer quelque chose de beaucoup plus dur, quelque chose que Raoul lui-même n'aurait pas le courage de tenter. Un sourire éclaira lentement son visage. Il avait trouvé.

– Bien, dit-il. T'es pas cap' d'enfermer M. Moustique dans la réserve.

Raoul en resta bouche bée.

– Quoi ?

– C'est ton défi, poursuivit Dorian. J'ai fait le mien, maintenant c'est ton tour. Sauf si tu te dégonfles…

– Qui a dit que je me dégonflais ?

Raoul jeta un coup d'œil à la réserve. Elle n'était pas plus grande qu'un placard et Mlle Martinet veillait à ce qu'elle soit tout le temps verrouillée. Raoul y était entré une fois pour chercher une rame de papier. Elle sentait le renfermé et la lumière ne marchait pas. Il se demanda si M. Moustique avait peur du noir… Mais un défi était un défi, et il n'allait pas reculer.

– D'accord, dit-il, je vais le faire.

L'opportunité se présenta quelques minutes plus tard. Après avoir fini sa lecture, M. Moustique retira ses lunettes et pria les enfants de recopier quelques questions dans leur cahier d'exercice. Raoul leva la main.

– Oui ? Qu'est-ce qu'il y a ? interrogea M. Moustique.

— Je n'ai plus de place dans mon cahier, monsieur.

— Oh, euh… fit l'instituteur. Et que faites-vous d'habitude dans ces cas-là ?

— Mlle Martinet range les cahiers neufs dans la réserve, dit Raoul en désignant la porte. La clef est dans le tiroir.

— Merci, euh… bredouilla M. Moustique qui avait manifestement oublié le prénom de Raoul. Les autres, continuez à travailler.

M. Moustique trouva la clef et ouvrit la réserve. Il disparut à l'intérieur, après avoir laissé la porte entrebâillée et la clef dans la serrure. Raoul l'entendit farfouiller sur les étagères à la recherche des cahiers d'exercices.

— Vas-y avant qu'il sorte, souffla Dorian.

Raoul glissa de sa chaise et se dirigea vers la réserve à pas de loup.

Un ou deux élèves levèrent le nez de leur travail.

Raoul posa une main sur la porte.

VLAM !

La porte se referma.

CLIC !

La clef tourna dans la serrure.

– OH ! cria M. Moustique de l'intérieur. Que se passe-t-il ?

Raoul mit la clef dans sa poche et, triomphant, se retourna vers Dorian. Tous ses camarades le dévisageaient avec stupéfaction.

– Tu l'as enfermé ! s'exclama Dorian.

— Je sais, dit Raoul avec un large sourire. C'était le défi.

— Mais je ne pensais pas que tu le ferais pour de bon ! Qu'est-ce que tu as prévu ensuite ?

Le sourire de Raoul s'effaça : il n'avait pas vraiment réfléchi à la suite. Il sentit que M. Moustique pourrait mal le prendre. Et même très mal. S'il enfermait Mlle Martinet dans la réserve, elle écumerait comme un taureau furieux.

— Tu es fichu, dit Donna.

— Il va te tuer, dit Nick-je-sais-tout.

— Non, répliqua Raoul. Comment pourrait-il deviner que c'est moi ?

Chapitre 2

BANG ! BANG !

M. Moustique cognait à la porte.

– Les enfants, supplia-t-il, ce n'est vraiment pas drôle. Je vais compter jusqu'à trois.

Il compta jusqu'à trois.

– Un… deux… trois.

Rien ne se produisit.

Eugène avait l'air nerveux.

– On ne peut pas le laisser comme ça,
dit-il.

– Ben, vas-y, fais-le sortir, répliqua
Dorian. Moi, je ne veux pas avoir d'en-
nuis.

Tous se tournèrent vers Raoul qui
s'était approché du bureau. Il s'était
toujours demandé quel
effet cela ferait de s'asseoir à la place de l'instituteur. Il s'empara des

lunettes de M. Moustique et les mit sur son nez. Puis il enfila le manteau.

– Cessez vos bavardages, dit-il sévèrement. Remettez-vous au travail.

– Tu ressembles à un instituteur, pouffa Donna.

– Mais je suis votre instituteur, déclara Raoul. Je suis très strict et vous serez tous en retenue pendant la récréation si vous n'êtes pas sages.

Toute la classe éclata de rire. Raoul parlait comme Mlle Martinet dans un de

ses mauvais jours. Il les observa par-dessus ses lunettes.

– Qui a lâché un prout ? demanda-t-il. Nick, c'est toi ?

Les élèves s'esclaffèrent bruyamment. Nick-je-sais-tout devint cramoisi.

– Tu vas voir, répliqua-t-il. Je ne donne pas cher de ta peau. Quand Mlle Tranchelard va s'apercevoir de ce que tu as fait, elle va grimper aux rideaux.

Raoul n'avait pas pensé à Mlle Tranchelard. La directrice avait la mauvaise

habitude de pointer son nez à l'impro-
viste dans les classes. Si elle découvrait
qu'il avait enfermé M. Moustique dans
la réserve, il y aurait du grabuge.

Les coups contre la porte redoublaient
d'intensité. Raoul glissa un regard vers
la réserve. Peut-être devrait-il ouvrir ?
En allant très vite, il pourrait retourner à
sa place avant que M. Moustique ne sur-
gisse. Il fouilla dans sa poche. Tâtonna
jusqu'au fond. Une expression d'horreur
se peignit sur son visage.

— Elle n'est plus là ! dit-il. J'ai perdu la
clef !

— Ha, ha ! fit Dorian. Allez, Raoul,
arrête tes bêtises.

— C'est pas des bêtises ! Je l'avais mise
à l'instant dans cette poche.

Raoul retourna sa poche et aperçut un
petit trou dans la doublure. La clef s'était
probablement faufilée par là, puis était

tombée. Qu'allait-il se passer s'il n'arrivait pas à la retrouver ? Et si M. Moustique restait enfermé dans la réserve pour tou-jours ?

— Ne restez pas plantés là, cria-t-il. Aidez-moi à la cher-cher !

Raoul, Dorian et Donna se mirent à quatre pattes pour examiner le sol. Nick-je-sais-tout se renversa sur sa chaise et sourit.

— Crois-moi, Raoul, railla-t-il, ton compte est bon.

Eugène faisait le guet à la fenêtre.

— Dépêchez-vous ! s'exclama-t-il. Quelqu'un arrive !

– Quoi ? s'étrangla Raoul.

Tous les enfants vinrent précipitamment se coller à la vitre. Une grande rousse échevelée traversait la cour d'un pas décidé et se dirigeait de leur côté.

– Oh, elle, dit Nick-je-sais-tout. C'est l'inspectrice d'académie. Mlle Tranchelard a dit qu'elle viendrait aujourd'hui.

– Inspectrice ? dit Raoul, terrifié. Qu'est-ce qu'elle inspecte ?

– Notre école ! Tu n'as rien écouté à la

dernière réunion ? Je pense qu'elle vient inspecter M. Moustique.

Tous les regards se tournèrent vers la porte de la réserve. M. Moustique secouait vigoureusement la poignée.

— Nous devons le faire sortir, dit Raoul, au bord de la panique.

— Nous ? coupa Nick-je-sais-tout. C'est toi qui l'as enfermé là-dedans, c'est à toi de le faire sortir.

— Mais je ne trouve plus la clef, gémit Raoul.

— Faites quelque chose, cria Eugène, elle monte l'escalier !

— Attendez, j'ai une idée, dit Donna. Raoul peut faire semblant d'être notre instituteur.

— Hein ? fit Raoul.

— Fais comme si tu étais M. Moustique. Tu as ses lunettes et son manteau. Tu n'as qu'à dire que c'est toi !

— Tu es malade ! Elle verra tout de suite que je ne suis pas M. Moustique !

— Mais non ! Ils ne se sont probablement jamais rencontrés. Tu n'as qu'à t'asseoir au bureau et jouer l'instituteur. Je suis sûre que tu vas y arriver.

— Ouais, dit Dorian, cap' ou pas cap' ?

Raoul le fusilla du regard. Mais peut-être que Donna avait raison. Il s'amusait toujours à imiter Mlle Martinet, alors pourquoi ne pourrait-il pas devenir M. Moustique ? De toute façon, il n'avait pas de meilleure idée. Il s'installa au bureau de l'instituteur. Plus personne n'était à sa place, les élèves erraient sans but comme un troupeau de moutons égarés.

— Asseyez-vous immédiatement ! leur cria Raoul. Ayez l'air de travailler.

Tous se précipitèrent vers leurs tables et s'installèrent sur leurs chaises. Même

Nick-je-sais-tout s'exécuta. Raoul était stupéfait de son propre pouvoir. Il avait donné un ordre et tout le monde avait obéi. C'était donc ça être instituteur !

Chapitre 3

Mlle Roquet frappa à la porte de la classe et entra. Elle avait entendu une sorte de brouhaha depuis le couloir, mais les enfants semblaient maintenant travailler dans le calme. Un garçon débraillé était assis au bureau de l'instituteur, dans une veste bien trop grande pour lui.

– Bonjour, dit-elle, je m'appelle Mlle Roquet. Où est votre instituteur ?

– Oui, bonjour, répondit Raoul. Je suis l'instituteur.

– Ne raconte pas n'importe quoi. Où est M. Moustique ?

– M. Moustique, c'est mon nom, poursuivit Raoul, en sentant les lunettes glisser sur son nez.

Il les remit en place pour la énième fois.

Mlle Roquet examina le garçon. Les instituteurs avaient beau être de plus en plus jeunes ces temps-ci, il y avait là quelque chose d'absurde. Celui-ci paraissait à peine plus vieux que ses élèves. Et quand elle était entrée dans la classe, elle aurait juré qu'il avait un doigt dans le nez.

— Quel âge as-tu ? demanda-t-elle.

— Sept… Dix-sept ans, dit Raoul, en se rattrapant de justesse.

— Dix-sept ans ? Mais c'est beaucoup trop jeune pour être instituteur.

— Oui, pour un instituteur normal. Mais c'est que je suis plus mieux intelligent que la normale.

— Plus mieux intelligent ? répéta Mlle Roquet.

— Mais oui. J'avais tout le temps dix sur dix à l'école. Du coup, ils ont fini par me dire que je pouvais aussi bien faire classe.

Mlle Roquet allait répondre quand elle fut interrompue par un étrange martèlement.

– Quel est ce bruit ? demanda-t-elle.

– Quel bruit ? répondit Raoul.

– Ces coups.

– Oh, ça, c'est Mlle Fouine. Elle fait cours juste à côté. Parfois, quand elle s'énerve un peu, elle tape sur les murs, sur les objets.

– Elle tape sur les murs ? On aura tout vu !

Elle prit quelques notes dans son carnet noir puis se retourna vers Raoul.

– Bien. Si vous êtes vraiment monsieur Moustique, reprenez donc votre leçon.

– Pardon ?

– Votre leçon. La leçon que vous êtes en train de donner.

– Ah oui, ça, dit Raoul.

Il déglutit et remonta les lunettes sur

son nez. Le visage de Mlle Roquet devint flou. Elle avait l'air d'attendre qu'il commence. Mais qu'allait-il bien pouvoir raconter ? Il savait beaucoup de choses sur les puces. Peut-être devrait-il en dessiner quelques-unes au tableau ?

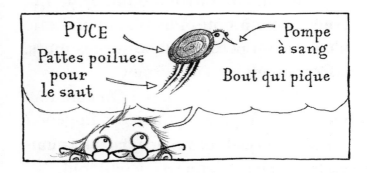

Les coups en provenance de la réserve se mirent à résonner de plus belle. Il fallait agir pour étouffer le bruit.

– Calcul ! dit-il en hurlant presque. Nous étions justement sur le point de faire quelques additions.

Toute la classe le fixa d'un regard

vide, sauf Dorian qui lui faisait des grimaces depuis le dernier rang.

— Dorian ! dit Raoul.

— Oui ?

— Lève-toi.

Dorian se mit debout.

— Combien font deux plus deux ? demanda Raoul.

Dorian réfléchit un instant.

— Quatre.

— Très bien, tu peux t'asseoir. Eugène ?

— Oui, Raoul, je veux dire, oui, mon-sieur, articula-t-il en se levant.

— Combien font trois fois deux ?

— Six, couina Eugène.

— Très bien. Nick ?

Nick-je-sais-tout se mit debout.

— Mademoiselle Roquet… commença-t-il.

Mais Raoul l'interrompit :

– Écoute bien, Nick. Combien font 2 740 fois 7 millions ?

Nick-je-sais-tout resta sans voix.

– Allons, allons, insista Raoul qui s'amusait beaucoup. On ne va pas y passer la journée.

– Je… je… je ne sais pas, bégaya Nick-je-sais-tout.

Raoul fit glisser ses lunettes et lui lança un regard scrutateur.

– Taratata, Nick ! Tu me feras des devoirs supplémentaires ce soir.

Chapitre 4

BOUM ! BOUM ! BOUM ! Les coups en provenance de la réserve étaient devenus assourdissants.

– Au secours ! hurla M. Moustique. Est-ce que vous m'entendez ?

Mlle Roquet se leva.

– Il y a quelqu'un derrière cette porte, dit-elle.

— Non, euh… Je ne pense pas, marmonna Raoul.

— Laissez-moi sortir, s'il vous plaît, supplia M. Moustique.

— Il y a quelqu'un là-dedans, affirma Mlle Roquet. J'entends crier.

Le cœur de Raoul cessa de battre. Mlle Roquet se précipita vers la réserve et appela à travers la porte.

— Ohé !

— Ohé ! répondit M. Moustique. Enfin ! Qui êtes-vous ?

— Je suis Mlle Roquet, l'inspectrice d'académie.

— Oh ! gémit M. Moustique d'une voix faible.

— Que faites-vous là-dedans ?

— Je suis prisonnier. Je suis entré pour prendre un cahier, la porte s'est refermée et me voici bloqué à l'intérieur.

– Ne bougez pas, dit l'inspectrice. Je vais prévenir un instituteur.

– Mais je suis instituteur, je suis M. Moustique.

Mlle Roquet prit un air ahuri.

– Mais je pensais… M. Moustique, ici présent…

Elle se retourna vers le bureau, mais le garçon débraillé auquel elle s'était adressée avait disparu – seules subsistaient une paire de lunettes et une veste chiffonnée jetée en travers de la chaise. Raoul avait sauté sur l'occasion pour s'échapper. Il avait assez fait l'instituteur pour aujourd'hui. En se glissant à sa place, il sentit un objet pointu dans sa poche. Il le sortit et découvrit avec stupéfaction la clef argentée.

– Regarde ! murmura-t-il à Dorian. Pendant tout ce temps, la clef était dans mon autre poche.

Nick-je-sais-tout s'était retourné. Il leva la main.

– Mademoiselle Roquet ! Mademoiselle Roquet ! Raoul a quelque chose à
vous montrer !

Le lendemain, Mlle Martinet était de retour.

– Commençons par le dessin, dit-elle avec une étrange lueur dans le regard. Nous allons avoir besoin de pinceaux et de peinture en poudre. Raoul, tu pourrais peut-être aller les chercher dans la réserve ?

Raoul pâlit. Il ne se sentait soudain pas bien du tout.

– Moi ?

Après des études d'anglais, **Alan MacDonald**
a commencé à travailler dans des compagnies
de théâtre ambulantes, effectuant de fréquentes
visites dans les écoles. Parallèlement à son travail
d'écriture et de mise en scène, Alan a suivi
une formation d'art dramatique.
Par la suite, il a écrit plusieurs pièces pour le théâtre
et la télévision, ainsi que de nombreux livres
pour enfants. Alan MacDonald est également l'auteur
de la série *Drôles de Trolls*, dont deux volumes ont
déjà paru dans la collection Folio Cadet.

David Roberts est né à Liverpool. Après des études
de dessin de mode, il a travaillé dans le stylisme
à Hong Kong, puis pour un modiste de haute couture
en Angleterre, avant de se lancer dans l'illustration.
Il a illustré plus d'une trentaine de livres à ce jour.

À suivre…

Les idées géniales de Raoul Craspouille
Tome 2

Un recueil de trois histoires **vraiment** tordantes :

1. Le bébé

Raoul et ses parents sont invités à passer le week-end chez des amis. Le problème, c'est qu'il n'ont pas d'enfants de l'âge de Raoul, seulement une espèce de bébé collant qui le prend en affection. Notre jeune héros décide de lui apprendre à prononcer son premier mot. Devinez lequel…

2. La cantine

Miam, les bons légumes. Finies les frites, adieu les saucisses : le menu de la cantine sera désormais diététique. Raoul, qui ne goûte que très moyennement ce nouveau régime, tente une riposte : introduire des vers dans la salade… À quand le retour des spaghettis ?

3. L'anniversaire

Angela, l'amoureuse transie de Raoul, l'a convié à son anniversaire. Une fête pleine de filles tout en rose à laquelle Raoul essaie vainement d'échapper. Il décide alors d'animer ce goûter à sa manière, et se déguise, pour commencer, en ver de terre…

Et si tu aimes rire, voici d'autres histoires…

CLÉMENT APLATI
de Jeff Brown illustré par Tony Ross
Folio Cadet numéro 196

Depuis que le tableau accroché au-dessus de son lit est tombé sur lui, Clément est toujours un aimable petit garçon en parfaite santé, il mesure toujours un mètre vingt-deux, mais… il fait maintenant un centimètre d'épaisseur seulement. Imaginez les désagréments, mais aussi les avantages d'une telle situation !

UN FRÈRE D'ENFER
d'Eoin Colfer illustré par Tony Ross
Folio Cadet numéro 493

Pas facile d'être le n° 2 perdu au milieu de quatre frères qui prennent aux parents tout leur temps. Will en a plus qu'assez car lui a de vrais problèmes. C'est décidé, Grand-père sera son confident attitré. Ils conviennent de se raconter leurs mésaventures chaque samedi. Très vite, Will réalise qu'il ne l'impressionnera pas avec ses petits soucis, car les souvenirs de jeunesse de Grand-père sont terribles !

FANTASTIQUE MAÎTRE RENARD
de Roald Dahl illustré par Quentin Blake
Folio Cadet numéro 174

Dans la vallée vivent trois riches fermiers, éleveurs de volailles dodues. Le premier est gros et gourmand ; le deuxième est petit et bilieux ; le troisième est maigre et ne boit que du cidre. Tous les trois sont laids et méchants. Dans le bois qui surplombe la vallée vivent Maître Renard, Dame Renard et leurs trois renardeaux, affamés et malins…

SORCIÈRES EN COLÈRE
de Fanny Joly illustré par Anne Simon
Folio Cadet numéro 475

Aaarrrgggghhh ! Ce matin-là, les couloirs de l'Abracadémie résonnent d'un cri terrible. Rossa, la plus abominable sorcière de Maléficity, a découvert avec effroi deux énormes verrues au bout de son nez crochu. Si Chouine, la nouvelle élève, ne lui prépare pas aussitôt une potion antiverrues, elle sera changée en potiron ! Hélas, notre apprentie sorcière n'est plus très sûre de la formule… Si elle rate son coup, on peut s'attendre à tout !

MON PETIT FRÈRE EST UN GÉNIE
de Dick King-Smith illustré par Judy Brown
Folio Cadet numéro 472

Avec son visage rond et son petit nez écrasé, Georges, âgé de quatre semaines, a tout l'air d'un bébé comme les autres… Pourtant, le jour où sa sœur le traite de petit cochon, elle l'entend répondre : « Cochon, toi-même ! » Georges parle ! Il sait même lire, connaît ses tables de multiplication, compose ses menus et a déjà des idées bien arrêtées sur son avenir. Et il ne se considère pas du tout comme un bébé !

LE NOUVEL ÉLÈVE
de Kate MacMullan illustré par Bill Basso
Folio Cadet numéro 405

Wiglaf veut devenir un héros. Pourtant, il est mal parti. Martyrisé par ses frères et exploité par ses parents, il passe son temps à récurer les gamelles et à nourrir les cochons. Une affiche placardée sur l'arbre à messages du village va changer sa vie : il veut désormais entrer à l'École des Massacreurs de Dragons. Voilà une activité digne d'un héros ! Le problème, c'est que Wiglaf ne supporte pas d'écraser une araignée.

L'ENLÈVEMENT DE LA BIBLIOTHÉCAIRE
de Margaret Mahy illustré par Quentin Blake
Folio Cadet numéro 189

En voilà une histoire ! La ravissante bibliothécaire a disparu et toute la ville est en émoi. Enlevée, elle est retenue en otage par cinq brigands plus bêtes que méchants mais qui espèrent obtenir de la municipalité une rançon rondelette. C'est compter sans le courage de Mlle Labourdette, sa générosité et ses talents de bibliothécaire !

MYSTÈRE
de Marie-Aude Murail illustré par Serge Bloch
Folio Cadet numéro 217

Une quatrième fille ! Le roi et la reine ne sont pas

contents ! Et, comble de malheur, quand ses cheveux poussent, ils sont bleus ! Mystère, c'est son prénom, vit comme une sauvageonne mais, à l'âge de huit ans, elle est si belle qu'elle fait de l'ombre à ses sœurs. Ses parents décident alors de l'abandonner dans la forêt… Que lui arrive-t-il ensuite ? Mystère…

LES BELLES LISSES POIRES DE FRANCE
de Pef
Folio Cadet numéro 216

Un prince se penche sur son passé. Pour la princesse Dézécolle, Motordu accepte de feuilleter le livre des belles lisses poires de France. On frémit au récit des combats opposant Jules Lézard au vert singe Étorix. Notre pays s'appelait alors la Gaule. Ses habitants avaient appris à cultiver, à tisser, à fabriquer des armes… Les Gros-doigts étaient donc à la fois costauds et habiles… L'histoire de France racontée à travers celle de la famille Motordu.

DU COMMERCE DE LA SOURIS
d'Alain Serres illustré par Claude Lapointe
Folio Cadet numéro 195

La Fromagerie Centrale, détrônée par une épicerie plus moderne, a perdu sa clientèle. Mais pour Victor Lebrouteux, son propriétaire depuis un demi-siècle, pas question de baisser les bras ! En cas de crise, il faut savoir s'adapter. Il vendra donc de la souris : en poil à gratter, en marque-page, en crème pour les chaussures ou en boulettes pour les chats. Mais les souris n'ont pas l'intention de se laisser faire !

LES POULES
de John Yeoman illustré par Quentin Blake
Folio Cadet numéro 488

Nées à la ferme du Bois-Joli, dans un hangar destiné à la ponte industrielle, les deux poules Flossie et Bessie mènent une vie paisible et monotone jusqu'au jour où un choucas ouvre inopinément la porte de leur cage. Les deux sœurs acceptent de le suivre pour aller déjeuner dehors et s'échappent sans le vouloir. N'ayant jamais appris à voler, elles ne sont pas à l'abri du danger mais un choucas patient les prend sous son aile et, avec la vraie vie, l'aventure commence…